Vente du Lundi 23 Mars 1874

HOTEL DROUOT, SALLE N° 9

Exemplaire de Barre

TABLEAUX

ANCIENS

DES ÉCOLES

FRANÇAISE, FLAMANDE ET HOLLANDAISE

EXPOSITIONS

PARTICULIÈRE	PUBLIQUE
Le Samedi 21 Mars 1874	Le Dimanche 22 Mars 1874

Mᵉ CHARLES OUDART, COMMISSAIRE-PRISEUR

M. ÉMILE BARRE, EXPERT

IMPRIMERIE J. CLAYE
RUE SAINT-BENOIT 7
PARIS

CONDITIONS DE LA VENTE.

Elle sera faite au comptant.

Les acquéreurs payeront *cinq centimes par franc,* en sus des enchères, applicables aux frais.

L'Exposition mettant les Adjudicataires à même de se rendre compte de l'état et de la nature des objets, il ne sera admis aucune réclamation une fois l'adjudication prononcée.

CATALOGUE

D'UNE JOLIE RÉUNION

DE

TABLEAUX

ANCIENS

DES ÉCOLES

FRANÇAISE, FLAMANDE ET HOLLANDAISE

DONT LA VENTE AURA LIEU

HOTEL DROUOT, SALLE N° 9

Le Lundi 23 Mars 1874

PAR LE MINISTÈRE DE **M° CHARLES OUDART**, COMMISSAIRE-PRISEUR

31, rue Le Peletier

ASSISTÉ DE **M. ÉMILE BARRE**, EXPERT

20, Chaussée-d'Antin

Chez lesquels se délivre le présent Catalogue

EXPOSITIONS

PARTICULIÈRE	PUBLIQUE
Le Samedi 21 Mars 1874	Le Dimanche 22 Mars 1874
DE 1 HEURE 1/2 A 5 HEURES 1/2	DE 1 HEURE A 5 HEURES

DÉSIGNATION

BACKUYSEN (*Signé* L. B.)

1. — Le Départ d'une flottille.

BEAUBRUN

2. — Portrait de Dame de l'époque de Louis XIV.

BERGHEM (Nicolas)

3. — Le Marché aux bestiaux.

> Sur une place ornée d'une fontaine monumentale, des marchands de bestiaux font leur trafic.

BLOËMEN (Van)

4. — Halte de cavaliers au pied d'un château en ruines.

BOUCHER

5. — L'Attente.

BOUCHER (François)

6. — Jupiter et la nymphe Io.

Esquisse.

BRAKENBURG

7. — La Consultation.

BREEMBERG (Bartholomeo)

8. — Les Israélites dans le désert.

BRILL (Paul)

9. — Une Chasse au cerf.

BROECK (Van den)

10. — L'Abreuvoir.

CAMPHUYSEN

11. — Village au bord d'un canal.

> A droite des animaux et des moulins à vent; le canal est sillonné de barques de pêcheurs.

CHARDIN

12. — Petite Fille en costume *Louis XVI*, tenant un jouet à la main et un tambour au côté.

COYPEL

13. — Le Sacrifice d'Iphigénie.

> Petit tableau d'une exécution très-fine et comprenant un grand nombre de personnages.

CRÉPIN

14. — Vue d'un Village fortifié.

CUYLEMBURG

15. — Diane et ses Nymphes au bain.

> Composition importante, d'une exécution très-précieuse.

DECKER (François)

16. — Paysage.

Chaumière au bord de l'eau ; à gauche des pêcheurs.
Signé F. Decker.

DOES (Van der)

17. — Moutons au repos.

DROUAIS (Hubert)

18. — Portrait de la marquise de V...

Costumée de blanc, elle tient son chat sur ses genoux.

DULIN (Pierre)

19. — Vertumne et Pomone.

Tableau de réception de l'auteur à l'Académie.
Gravé.

EISEN

20. — Groupe de quatre amours.

Peinture à la manière de Boucher.

EVERDINGEN

21. — Paysage; site hollandais avec cascade.

Beau et grand tableau rappelant un des maîtres de Ruysdael.

FRAGONARD

22. — L'Enjeu.

Après une partie de cartes qu'il vient de gagner, un jeune garçon veut embrasser une jeune fille pendant que sa compagne lui tient les mains.

FRAGONARD

23. — La Leçon du curé.

Amusante composition fine et spirituelle.

GILLEMANS

24. — Paysage avec oiseaux et fruits, animé de figures.

GOYEN (J. Van)

25. — Paysage.

Rivière bordée de grands arbres; à gauche une chaumière près de laquelle causent des paysans.

GOYEN (Van)

26. — Pêcheurs au bord d'un canal.

A droite un village fortifié borde de canal.

GRAILLY

27. — Le Moulin; Effet d'orage.

GREUZE (*Ecole de J.-B.*)

28. — L'Innocente.

Coiffée d'un bonnet à rubans noirs; l'expression de cette jeune fille est charmante de naïveté.

HALS (*École de* FRANCK)

29. — Chinois jouant de la guitare.

HEEM (J.-DAVID DE)

30. — Fruits.

Raisins, groseilles, figues, noix dans une coupe en argent.

HONTHORST (Gérard)

31. — Gitana.

HUET

32 — L'Envoi du message.

HUET

33. — La Réponse.

Ces deux charmantes compositions forment pendants.

HUET (J.-B.)

34. — Bergère passant un gué, tenant sa houlette à la main droite et soulevant sa robe de la gauche.

JANSSENS

35. — La Rencontre.

JEAURAT

36. — Le Repas des moissonneurs.

JEAURAT

37. — La Visite à la ferme.

Ces deux tableaux forment pendants.

JEAURAT

38. — La Consultation.

KONING (P. DE)

Élève de Rembrandt.

39. — Paysage.

A droite, dans un chemin creux, un homme et son enfant fuient devant l'orage qui s'apprête.

Superbe composition d'une grande puissance d'effet.

LANTARA

40. — Extérieur de ferme.

LANTARA

41. — Paysage avec cours d'eau.

Ces deux tableaux forment pendants.

LAGRENÉE

42. — L'Amour et Psyché.

LECLERC DES GOBELINS

43. — La Dispute galante.

LEDOUX (Mlle)

44. — Tête de jeune fille.

LE MOYNE (François)

45. — Hercule et Omphale.

Gracieuse composition gravée.

LOO (Van)

46. — Portrait de la fille de l'artiste.

Elle est représentée la main appuyée sur un carton à dessin et tenant un crayon.

MICHEL (G.)

47. — Paysage; effet d'orage.

MIERIS (Guillaume)

48. — Portrait d'homme.

MIGNARD (*École de*)

49. — Portrait de jeune Fille.

Sa main droite soutient une guirlande de roses qui entoure sa poitrine. Riche bordure.

MIGNON (Abraham)

50. — Bouquet de fleurs dans un vase.

Tableau sur cuivre d'une très-fine qualité.

MIREVELT

51. — Portrait de seigneur.

Tableau d'une précieuse exécution.

MOLENAER

52. — Fête champêtre.

Composition capitale du maître; d'une conservation par-
faite.

MOIYN (Pierre)

53. — Environs de Groningue.

Chaumière sous bois; effet d'orage.

MOREAU

54. — Le Départ de la mariée.

Gravure.

MURILLO

55. — La Communion.

Peinture sur *agate*.

NATTIER (J.-Marc)

56. — Portrait de jeune femme en buste.

Œuvre très-gracieuse du maître et d'une charmante couleur.

NEFF (Peter)

57. — Intérieur de cathédrale.

NETSCHER (Constantin)

58. — Dame en robe de satin, assise dans un appartement et faisant de !a musique.

OSTADE (Isaac Van)

59. — Effet d'hiver.

Canal glacé et patineurs. A droite, un cheval ramène un traîneau chargé de bois.

PATEL

60. — Paysage avec monuments en ruines.

PETERS (Bonaventure)

61. — Marine.

Mer agitée, sur laquelle on voit des bâtiments aux voiles déployés.

POELEMBURG

62. — L'Olympe.

PORBUS

63. — Portrait de seigneur en vêtement noir et collerette blanche.

QUERFURT

64. — Halte de cavaliers.

QUERFURT

65. — Le Camp.

REYNOLD

66. — Portrait d'enfant.

RIBEIRA

67. — Saint Jérôme.

ROBERT (Hubert)

68. — Portrait de David.

Il est représenté assis sur une chaise et dessinant d'après nature.

ROSA (Salvator)

69. — Paysage.

Un pont de bois jeté sur un torrent; à gauche, un homme ramène ses bœufs.

RUYSDAEL (Jacob)

70. — La Cascade.

L'eau court en bouillonnant à travers les rochers. Superbe paysage.

RUYSDAEL (SALOMON)

71. — La Plage.

Barques et pêcheurs ramerant leurs poissons; au fond une vieille tour.
Signé à droite.

SCHENEAU

72. — Le Retour du bal.

STEEN (JEAN)

73. — Le Vieillard et sa servante.

TENIERS (DAVID) LE JEUNE

74. — Paysage.

Des villageois causent au pied d'un monticule.

UDEN (VAN)

75. Paysage, avec personnages en costume *Louis XIII*.

VERNET (Joseph)

76. — Port de mer; effet de soleil couchant

VERNET (Joseph)

77. — Les Naufragés.

WOUVERMAN (Philippe)

78. — Halte de Bohémiens.

> Assise au pied d'un arbre, une femme allaite son enfant, tandis que le mari donne à manger à ses chevaux.

WATTEAU (*École de*)

79. — Le Contrat.

WATTEAU (*École de*)

80. — La Noce.

> Ces deux gracieuses compositions forment pendants.

ZAFT-LEVEN

81. — Paysage.

> Habitations rustiques; à droite, un paysan sur son cheval.
> Sur le devant, un berger ramène ses moutons.

ÉCOLE FRANÇAISE.

82. — Diane et ses Nymphes surprises par Actéon.

ÉCOLE FRANÇAISE

83. — Roméo et Juliette.

ÉCOLE FRANÇAISE

84. — Portrait de jeune femme.

> Riche bordure ovale.

ÉCOLE ESPAGNOLE.

85. — Portrait d'homme.

PARIS. — J. CLAYE, IMPRIMEUR, 7, RUE SAINT-BENOIT. — [307]

MIRE ISO N° 1
NF Z 43-007
AFNOR
Cedex 7 - 92080 PARIS-LA-DÉFENSE

graphicom

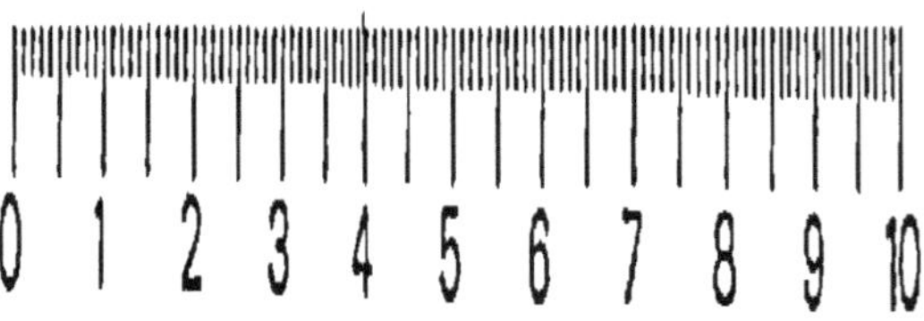

9 782329 312446